Ghost secret

Le trésor de Barbe-Jaune

Couleurs : Christophe Araldi
Conception graphique : Valérie Gibert et Philippe Sedletzki

Hachette Livre, 43 quai de Grenelle, 75015 Paris.

Sophie Marvaud
Illustrations : Céline Papazian

Ghost secret

Le trésor de Barbe-Jaune

HACHETTE

Quelque part loin des routes, caché au cœur d'une forêt profonde, se trouve un château très vieux, immense et sombre, appelé :
le Château des Ombres.

Les héros

Cléo est toujours en pleine forme. Ce qu'elle préfère, c'est grimper aux arbres, nager, et courir à toute vitesse. Elle trouve la vie très intéressante et elle a toujours plein de questions à poser. Quelle chance que son meilleur ami, Balthazar, ait réponse à tout… ou presque !

Grodof, le chien de Cléo, est un bâtard aussi malin qu'un teckel, aussi rapide qu'un lévrier, aussi costaud qu'un rottweiler et aussi tendre qu'un labrador. Mais il est le seul chien au monde à avoir de longues oreilles pointues, enroulées sur elles-mêmes comme des tire-bouchons.

Balthazar adore réfléchir comme un détective. Il sait énormément de choses, grâce à son ordinateur, à la télé et aux livres. Il déteste se bagarrer, ou jouer au foot. Mais il accompagne partout Cléo, sa meilleure amie, parce qu'avec elle, il est sûr de ne jamais s'ennuyer !

Chaque soir, au douzième coup de minuit, dans le grand donjon de l'aile nord, apparaissent sept fantômes.

Les enfants attendent avec impatience ce moment magique.

Traînant leur lourd boulet au bout d'une chaîne, les sept fantômes traversent les murs en gémissant. Ils errent dans la salle des gardes, glaciale, et plus sombre que la nuit. En montant l'escalier en colimaçon, ils s'énervent contre le boulet qui les tire en arrière. Au cours de leur vie, ils ont fait une très, très grosse bêtise. Quand ils étaient vivants, cette bêtise les empêchait de dormir.

Maintenant qu'ils sont morts son souvenir les empêche de s'envoler vers le Pays du Repos Souriant.

De toutes leurs forces,
ils espèrent que quelqu'un
viendra les délivrer…

Un jour, le dernier des sept fantômes dépose au bas de l'escalier **UN COFFRE AU TRÉSOR**.

Les enfants s'en approchent... Et ils sont transportés au cœur d'une incroyable aventure...

Chapitre 1

Un pirate fantôme

— Balthazar, regarde ! On dirait un coffre au trésor, comme ceux des pirates !

Cléo se précipite. Son meilleur ami tente de la retenir.

— Attention ! Ce coffret est aussi transparent que le fantôme. Il est sûrement mag...

Mais avant qu'il ait fini sa phrase, son amie a disparu. Catastrophé, Balthazar se tourne vers Grodof.

— Cléo est repartie dans le passé ! Nous n'avons pas le choix. Il va falloir la suivre…

Le chien aboie brièvement, l'air de dire : « Eh oui... Sacrée Cléo ! »

Du haut de l'escalier, le fantôme pousse un cri de rage. Sous le drap, Balthazar distingue un homme barbu, qui

porte un tricorne noir et une veste tachée de sang. Ses pieds nus sautent d'une marche à l'autre, il se bat avec son sabre contre un ennemi imaginaire, et il semble très en colère.

Impressionné, Balthazar se

dépêche de toucher le coffret rempli de diamants… Grodof l'imite avec son museau. Et ils se sentent transportés à toute vitesse ! Le château disparaît, remplacé par un océan mouvementé, sans aucune terre à l'horizon.

Balthazar rejoint Cléo, sur le pont d'un navire du XVIIe siècle, avec deux mâts, de grandes voiles gonflées par le vent, et un drapeau noir à tête de mort. Autour d'eux, ils découvrent une vingtaine d'hommes à l'air brutal, avec des foulards sur la tête et des sabres à la ceinture.

Le soleil tape dur, le navire tangue, les voiles grincent, et les matelots poussent des cris en levant leurs armes :

— À nous, l'or des Espagnols !

— C'est exactement comme dans un film sur les pirates, murmure Balthazar, passionné et inquiet à la fois.

Les enfants sont vêtus comme les autres mousses, de pantalons en mauvais état et de chemises déchirées. Les cheveux longs de Cléo sont dissimulés sous un bonnet de laine et tout le monde semble croire qu'elle est un garçon. D'ailleurs, il n'y a que des hommes à bord.

Quant au seul chien présent, c'est un bâtard avec une jambe de bois. Quand il clopine, on entend *toc-toc* sur le plancher du navire. Mais… il a des oreilles tirebouchonnées !

Cléo serre tendrement le chien dans ses bras.

— Mon pauvre Grodof ! C'est toi qui es blessé comme ça ?

Le chien lui lèche la main, l'air de dire : « Tu sais, ce sont les risques de la vie de pirate. »

Les enfants reconnaissent le futur fantôme à sa chemise ensanglantée et à son tricorne noir. Il est grand et musclé, avec de petits yeux rusés et une épaisse barbe blonde. D'une main, il tient fermement le

gouvernail, de l'autre, il observe la haute mer avec une longue-vue.

Soudain, il immobilise l'instrument en direction de l'horizon :

— Ça y est ! J'aperçois les galions espagnols !

Les autres pirates se précipitent autour de lui. La longue-vue circule de main en main.

— Cinq navires en convoi !

— Ils sont beaucoup plus lents que nous. Dans une heure, nous les aurons rattrapés.

Cléo ouvre de grands yeux excités.

— Hé, Balthazar, tu crois qu'on va participer à un abordage ?

— Hum... J'en ai bien l'impression.

Chapitre 2

L'abordage

Un vent puissant a conduit le navire pirate à quelques encablures des galions espagnols. Mais ceux-ci possèdent des canons, tandis que les pirates n'ont que des sabres et quelques mousquets, des sortes de gros pistolets.

— Suivons-les à distance en attendant un moment favorable, ordonne Barbe-Jaune. Toi, toi, et toi, dit-il en pointant le doigt vers Balthazar et deux autres mousses, allez réduire le grand cacatois.

Il leur désigne une voile, au sommet du grand mât. Il faut la replier pour que le navire ralentisse. Balthazar devient tout blanc et ses dents s'entrechoquent.

— J'y vais ! s'écrie Cléo à sa place.

En compagnie des deux

mousses, elle se précipite dans les cordages. Main… Pied… Main… Pied… Elle grimpe aussi facilement qu'une araignée dans sa toile.

Une fois en haut, elle trouve formidables le mât qui se balance, le pont très loin en dessous et, partout, la mer qui scintille au soleil.

Mais ensuite, de retour sur le pont, comme l'attente lui paraît longue ! Les pirates se relaient à la barre, jouent aux cartes, et mangent une sorte de bouillie blanche

avec des pruneaux. Après l'avoir goûtée, Cléo fait la grimace.

— Pas très appétissant, leur truc !

Enfin, surgit l'événement favorable : une terrible tempête. Quand elle s'achève, Barbe-Jaune pousse un cri de triomphe :

— L'un des galions se retrouve tout seul ! Son grand-mât a été foudroyé !

En quelques minutes, les pirates sont prêts pour l'abordage, brandissant leurs armes, l'air féroce.

Leur fin navire vient

se glisser contre le galion lourd et massif.

— À l'attaque !

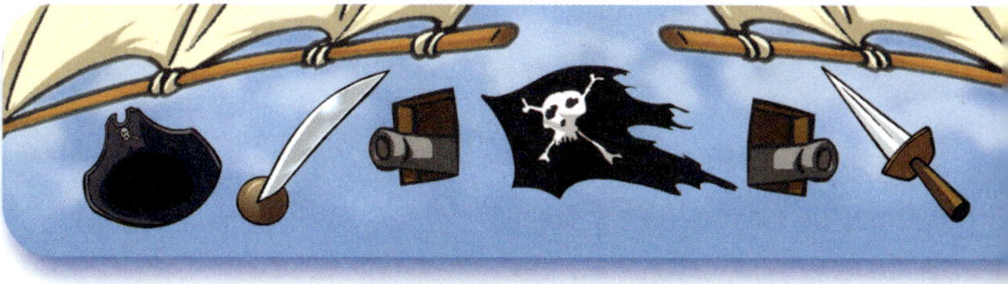

Barbe-Jaune en tête, tous les pirates sautent à bord du galion en poussant des cris sauvages. Espagnols contre pirates, les sabres s'entrechoquent et les mousquets crachent leur feu. Les premiers blessés s'effondrent.

Cléo et Balthazar se réfugient derrière

un gros coffre accroché au pont. Et Grodof se met devant eux pour les protéger.

— Les Espagnols sont beaucoup plus nombreux que les pirates ! remarque Balthazar entre deux claquements de dents.

— Tu crois que l'abordage va mal tourner ? demande Cléo. Que tous les pirates vont être faits prisonniers ? C'est ça, qui rendra le fantôme de Barbe-Jaune tellement furieux ?

— Hum… Attendons de voir ce qui va se passer…

Mais les pirates ont l'énergie du désespoir : ils préfèrent mourir que de perdre cette bataille. Voyant ses hommes tomber comme des mouches, le capitaine espagnol jette son mousquet aux pieds de Barbe-Jaune.

— Je me rends ! Prenez tout ce que vous voudrez mais laissez-nous la vie sauve.

— Tout va dépendre de ce que tu transportes dans tes cales, ricane Barbe-Jaune, qui aime terroriser ses ennemis.

— Une cargaison de perroquets pour le palais de notre roi, à Madrid…

Le chef des pirates pointe son épée sur la gorge du capitaine.

— Qu'est-ce que tu veux qu'on en fasse ?

— … de l'excellent bois du Brésil…

L'épée s'approche encore et le capitaine se met à transpirer à grosses gouttes.

— Tu te moques de moi ? rugit Barbe-Jaune.

— … et, dans ma cabine, il y a aussi un coffret rempli

de diamants... dont voici la clef.

— Ah ! J'aime mieux ça !

Chapitre 3

Un horrible traître

Un marin va chercher le coffret et Barbe-Jaune l'ouvre. Sous les yeux émerveillés de tous, apparaissent plusieurs poignées de pierres plus brillantes que des étoiles.

Aussitôt, le chef donne le signal de la retraite. Les pirates sautent dans leur navire, dont toutes les voiles sont hissées.

Laissant loin derrière lui le galion espagnol, le bateau des pirates file comme le vent jusqu'à un archipel de petites îles inhabitées.

Là, il serpente entre les îlots jusqu'à une baie entourée par la jungle. Alors que la nuit tombe, le navire pirate va doucement se cacher dans l'ombre des arbres…

À bord, l'ambiance est à la fête. Barbe-Jaune interpelle le cuisinier :

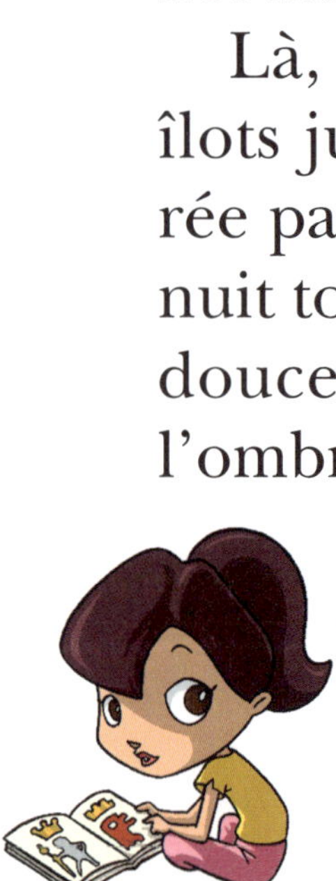

— Hé, maître coq ! Verse à chacun autant de rhum qu'il voudra ! C'est ma tournée.

— Hourra ! Vive notre chef ! s'enthousiasme l'équipage.

Un musicien sort son violon et plusieurs pirates se mettent à danser à la lueur des chandelles. D'autres racontent que, fortune faite, ils vont revenir dans leur village, ouvrir un bistrot et se marier avec la plus belle fille du coin…

Au début, Barbe-Jaune semble rire et danser avec les autres. Mais peu à peu

tous les pirates s'endorment, complètement ivres… sauf lui. Alors Balthazar et Cléo font semblant de s'assoupir eux aussi.

Les yeux à demi fermés, ils observent avec attention

l’ombre de Barbe-Jaune qui s’agite sur le pont.

Le chef des pirates met à l’eau une chaloupe, sans détacher la corde qui la retient au navire.

Ensuite, il descend dans la cale, et en remonte avec le coffret sous le bras. Pendant qu’il le dépose dans la chaloupe, Cléo murmure, choquée :

— Hé, Balthazar, tu crois qu’il veut s’enfuir seul avec les diamants ?

— J’en ai bien l’impression.

Pourtant, Barbe-Jaune ne s’installe toujours pas dans la chaloupe.

Il s'enfonce à nouveau dans la cale. Cette fois, il en rapporte un petit tonneau. Il puise dedans une sorte de poudre grise qu'il répand entre l'escalier de la cale et la corde qui mène à la chaloupe.

— La réserve de poudre doit se trouver dans la cale ! s'exclame Balthazar. Barbe-Jaune veut faire sauter le navire !

— Quoi ? Il faut l'en empêcher !

De justesse, Balthazar réussit à retenir son amie :

— Ne bouge pas maintenant, Cléo !

S'il nous repère, on est fichus.

Juste avant de grimper dans la chaloupe, le chef des pirates met le feu au début du chemin de poudre. Une flamme commence à traverser le pont en direction de la cale.

Le cœur battant, les enfants attendent que Barbe-Jaune s'éloigne en ramant. Puis Balthazar rampe jusqu'au large chemin de poudre, qu'il disperse de la main. Le feu n'ira pas plus loin.

Pendant ce temps, Cléo se précipite sur la réserve d'eau de vaisselle. Elle la

lance sur les flammes, qui s'éteignent.

— Sauvés ! Ouf...

— Quel horrible traître ! s'indigne Balthazar. Il était prêt à sacrifier son équipage, juste pour ne pas partager les diamants. Il a bien mérité de devenir un fantôme et d'être en colère pour toujours ! De toute façon, on a sauvé l'équipage, alors rentrons chez nous.

— Mais... comment ? demande Cléo.

— Avec le coffret magique, tiens, répond Balthazar, sans réfléchir.

— C'est lui qui l'a ! Notre

aventure chez les pirates n'est pas finie, Balthazar…

Chapitre 4

La cachette de Barbe-Jaune

Les enfants mettent à l'eau une deuxième chaloupe. Grodof saute dedans. Cléo et Balthazar prennent chacun une rame.

— Plus à gauche !

— Mais non, c'est toi qui rames trop à droite !

Après avoir un peu tourné en rond, leur mince embarcation se met à suivre celle de Barbe-Jaune. Par chance, la lune s'est levée, éclairant la baie. La plage vers laquelle se dirige le pirate est encadrée d'un côté par un marais, de l'autre par une falaise.

— Quel beau paysage, murmure Cléo. Un bain de nuit, ça te tente ? L'eau doit être délicieuse…

— Hum… fait Balthazar. Avec ce marais tout proche, je ne serais pas

étonné qu'il y ait des crocodiles…

Une fois sur la plage, Barbe-Jaune accroche sa chaloupe à un arbre. D'un pas ferme, il se dirige vers la falaise, qu'il se met à escalader. Atteignant une grotte, il y disparaît.

Pendant ce temps, les enfants tirent leur chaloupe sur le sable. Sans faire de bruit, ils courent jusqu'à

la falaise. Grodof clopine à côté d'eux.

— Je me demande ce que ce traître fait dans cette grotte... dit Balthazar à voix basse.

— Eh bien, allons voir !

chuchote Cléo. Tu as vu cet arbre ? On dirait qu'il a été planté là exprès pour nous !

En effet, un arbre au tronc noueux pousse devant la falaise, juste en face de la grotte. Posant ses pieds et ses doigts dans les creux de l'écorce, Cléo grimpe comme un chat.

Une fois à la hauteur de la grotte, elle distingue Barbe-Jaune, à genoux, qui creuse le sol des deux mains. Lorsqu'il a fait un trou assez profond, il dépose dedans le coffret plein de

diamants. Puis il le recouvre de sable.

À toute allure, Cléo redescend. Elle rejoint Balthazar et Grodof, accroupis derrière un tronc d'arbre, un peu plus loin.

— Dès que Barbe-Jaune sera parti, nous pourrons récupérer le coffret... chuchote Cléo.

Un rayon de lune éclaire le visage du traître à sa sortie de la grotte. Il semble très content de lui. De retour près de sa chaloupe, il commence à dénouer la corde qui la retient.

Soudain, un cri déchire la nuit :

— Un crocodile !

C'est Cléo qui a crié, quand le tronc d'arbre qui leur servait de cachette a ouvert les yeux. En trois bonds, elle grimpe dans la falaise et se réfugie dans la grotte. Malgré sa jambe de bois, Grodof la rejoint. Mais pas Balthazar, beaucoup moins sportif !

Tandis qu'il s'accroche désespérément à la racine d'un bananier, une terrifiante mâchoire se referme sur sa

chaussure… et sur le pied qui se trouve à l'intérieur.

— Au secours ! crie Balthazar.

Pan !

Au coup de feu, il sent son pied se dégager. Et le crocodile s'écroule, raide mort. Vite, Balthazar termine son escalade et se retrouve à côté de son amie.

— Oh, là, là ! Qu'est-ce que j'ai eu peur ! dit-il en claquant des dents.

Grodof lui donne un grand coup de langue et Cléo hoche la tête avec sympathie.

— Les bêtes sauvages du coin, c'est autre

chose que les araignées de chez nous !

Une voix puissante l'interrompt, celle de Barbe-Jaune. Il est de retour au pied de la grotte :

— Qu'est-ce que vous faites là-haut, moussaillons ?

C'est lui qui vient de sauver Balthazar grâce à son mousquet. Mais il devine que les enfants connaissent la cachette de son trésor. Et ça, ça ne lui plaît pas du tout…

Chapitre 5

Prisonniers !

— Moussaillons, ne bougez pas… J'arrive ! crie Barbe-Jaune, faussement amical.

À toute vitesse, les enfants fouillent le sable et dégagent le haut du coffret. Ils posent leurs mains dessus... mais il ne se passe rien !

— Pourquoi on ne repart pas dans notre époque ? s'affole Cléo.

— J'ai compris ! s'exclame Balthazar.

Mais il n'a pas le temps de lui expliquer quoi. Déjà, une haute silhouette vient fermer l'entrée de la grotte. Seul Grodof réussit à s'échapper, en sautant dehors au moment où Barbe-Jaune se hisse à l'intérieur.

Le pirate ne fait pas attention au chien. Il ne s'intéresse qu'aux

enfants. Il pointe son mousquet sur eux.

— Toi, le plus grand, tu vas ligoter le plus petit bien serré ! Sinon, il va t'arriver malheur !

Et il lance une corde à leurs pieds. Balthazar hésite.

— Vas-y, lui souffle Cléo. Ne t'inquiète pas. Grodof reviendra nous délivrer…

Le garçon ligote donc les poignets et les chevilles de sa meilleure amie, en fai-

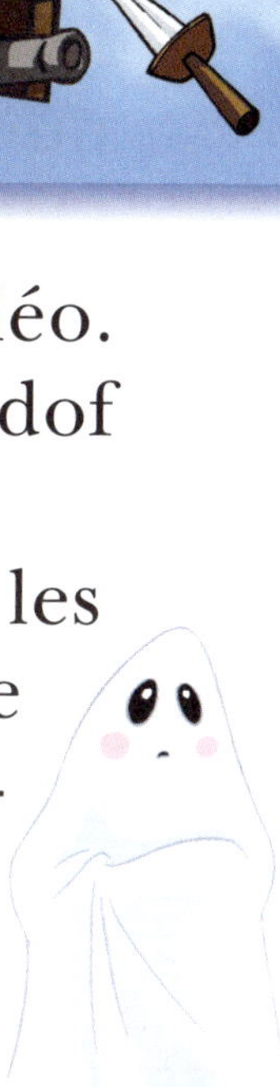

sant bien attention à ne pas lui faire de mal. Ensuite, c'est à son tour d'avoir les pieds et les mains attachés par Barbe-Jaune.

— Ah, ah ! se moque celui-ci en remettant du sable sur le coffret. Je vais vous abandonner sur cette île déserte !

Satisfait, le pirate range son mousquet, s'adosse à la paroi et sort sa pipe.

— Puisqu'il y a des crocodiles dans les parages, je vais attendre ici le lever du jour.

Mais Cléo ne se laisse pas impressionner. Curieuse, elle l'interroge :

— Pourquoi avez-vous caché vos diamants ? Vous ne les emportez pas avec vous ?

— Hé, hé... ricane Barbe-Jaune entre deux bouffées de tabac. Je suis trop malin pour me promener dans une tenue de pirate avec cette fortune sur moi !

— Qu'est-ce que vous allez faire, alors ?

— Eh bien, dès que le soleil va se lever, je vais me rendre en ville. Un coiffeur va me raser la barbe et personne ne pourra me reconnaître. Ensuite, je vais m'offrir le plus beau des costumes.

Je suis sûr que je ferai un gentilhomme superbe ! Une fois déguisé, je reviendrai chercher mes diamants. Et sous un faux nom, je m'embarquerai dans un navire à destination de l'Europe…

Pendant que l'orgueilleux pirate dévoile son plan, Balthazar réfléchit. Il n'a pas du tout envie de rester ligoté, et il essaie de se rappeler tout ce qu'il a appris sur les pirates…

— Vous avez remarqué, monsieur Barbe-Jaune, poursuit Cléo, que vous n'avez toujours pas entendu votre navire exploser ?

Stupéfait, celui-ci lâche sa pipe. Un peu de tabac brûlant tombe sur sa cuisse.

— Nom d'une tête de mort ! Tu as raison ! Ce n'est pas normal…

Chapitre 6

La suggestion de Balthazar

À cet instant, ils entendent des éclats de voix et des appels, encore lointains :

— Montre-toi, Barbe-Jaune !

— Sors de ta cachette !

— Sinon tu vas passer un sale quart d'heure !

D'abord, le traître n'en croit pas ses oreilles. Puis il semble pris de panique.

— Mon équipage !... On dirait qu'ils ont tous survécu ! Comment est-ce possible ?

Il commence par éteindre sa pipe, de peur que l'odeur de tabac le trahisse. Puis il rampe jusqu'à l'entrée de la grotte, son mousquet à la main.

— Je vais faire un massacre... gronde-t-il.

Dehors, l'aube se

lève et illumine la baie.

Cléo en profite pour chuchoter à Balthazar :

— Très cruel, ce Barbe-Jaune ! Son fantôme ne trouvera jamais la paix.

— Alors on a un problème, Cléo… J'ai compris que nous n'avions qu'un seul moyen de revenir chez nous : en aidant son fantôme !

— Vraiment ? Mais c'est impossible !

Autour de la grotte, les voix se rapprochent.

— Je fouille les berges ! crie quelqu'un.

— Je m'occupe de la colline, annonce un autre.

Et par-dessus, on entend des aboiements, de plus en plus proches.

— On dirait que le chien nous indique une piste, dit l'un des pirates.

— Là, dans la falaise, vous avez vu ? Des grottes !

— Barbe-Jaune doit se trouver quelque part là-dedans…

Sa phrase est ponctuée par un coup de feu, que vient de tirer le traître.

— Barbe-Jaune ! crie un pirate en utilisant ses mains comme un porte-voix. Tu es fait comme un rat ! Si tu ne te rends pas, on va attendre bien tranquillement que tu meures de faim et de soif.

Barbe-Jaune lance une bordée d'injures. Balthazar se tourne vers lui.

— Ils ont raison... Et pourtant, vous avez encore une chance de vous en sortir.

— Ah, tu crois ça, toi !

— Je vais vous expliquer, poursuit Balthazar...

Mais d'abord, vous devez nous libérer de nos liens.

Barbe-Jaune fronce les sourcils, mais il s'exécute.

— Ouf ! soupire Cléo en se frottant les poignets. L'aventure est géniale, mais ça fait quand même mal, ces cordes.

Balthazar dévoile son idée. Le pirate réfléchit à voix haute.

— À vingt contre un, j'ai toutes les chances d'y laisser ma peau... Je ne crois pas trop en ton plan, moussaillon... Mais je n'en ai pas de meilleur !

Revenant à l'entrée de la grotte, il hurle :

— Regardez, vous autres ! Je jette mon mousquet et mon sabre. Si vous acceptez de m'écouter, je me rends !

Chapitre 7

Le pacte

Au pied de la falaise, les pirates ne sont pas tous d'accord.

— Prenons la falaise d'assaut, puisqu'il n'a plus d'arme !

— Mais non, idiot ! Si on le

tue, on ne saura jamais où il a caché notre trésor ! Tu veux remuer tout le sable de l'île ?

— Oui, mais si on l'écoute, il va nous embobiner !

— Toi, peut-être. Mais moi, ça ne risque pas.

— Hum…

Finalement, ils acceptent que Barbe-Jaune sorte sain et sauf de sa cachette et prenne la parole.

Dans un silence hostile, celui-ci s'exécute. Les pirates s'assoient en rond sur la plage au pied de la falaise. Cléo et Balthazar observent

la scène depuis la grotte où Grodof les a rejoints.

— Mes amis, commence Barbe-Jaune. Vous êtes l'équipage le plus fidèle et le plus courageux que j'aie jamais vu dans les mers du Sud.

— Ouais, ouais, ricane un pirate. Et pourtant, tu as voulu tous nous faire sauter !

— J'ai failli faire une énorme bêtise, reconnaît Barbe-Jaune, parce que

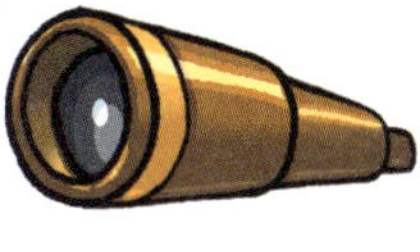

tous ces diamants m'ont tourné la tête.

— Ouh !... Ouh !...

— Par chance, deux moussaillons ont fait rater mon plan. Et depuis, j'ai réfléchi. J'ai compris que, tout seul, je n'aurais jamais réussi l'abordage de ce galion espagnol et récupéré ce coffret.

— Ben oui, tiens !

— Je me suis conduit comme ces rois et ces princes qui méprisent leur peuple en oubliant que, sans lui, ils ne pourraient pas vivre.

— À bas les rois ! À bas

les princes ! crient quelques pirates.

— Mes amis, si vous êtes devenus pirates, c'est justement parce que vous ne supportiez plus leurs lois injustes.

— Tout à fait ! Bien dit !

Encouragé, Barbe-Jaune reprend de l'assurance.

— Ce que vous voulez, c'est de la justice !

— Oui !

— Vous avez une vie dangereuse et vous voulez que ce soit reconnu !

— Exactement !

— Vous voulez une protection contre la misère !

— J'ose même pas en rêver, murmure un pirate.

— C'est pourtant ce que je vous propose, assure Barbe-Jaune. Dans le coffret espagnol, j'ai compté une cinquantaine de diamants...

À la pensée de cet incroyable trésor, tous les yeux se mettent à étinceler.

— Nous sommes vingt. Pour commencer, donnons deux diamants à chacun, car c'est tous ensemble que nous avons vaincu ce galion.

— Ça fait quarante, remarque un pirate.

— Mais certains d'entre nous ont été gravement blessés au cours de nos combats. À ceux-là, je propose de donner une double part. Deux diamants de plus pour un bras, une jambe, ou un œil en moins...

Les éclopés du groupe se lèvent pour montrer leurs blessures. Les autres donnent leur accord. Ils préfèrent être entiers qu'avoir deux diamants de plus.

Les discussions se poursuivent de plus

belle pour savoir s'il faut donner une part supplémentaire au chirurgien qui a sauvé plusieurs vies, ou bien aux combattants les plus valeureux.

Comme ils apprécient beaucoup cette manière de décider ensemble, les pirates se détendent. L'un d'entre eux finit par dire :

— On te laisse une deuxième chance, Barbe-Jaune. Mais on t'aura à l'œil ! Et tu n'es plus notre chef. On va rédiger une sorte de pacte avec toutes nos nouvelles règles. Tout le monde devra le signer. Ensuite,

on élira un nouveau capitaine.

Dans la grotte, Cléo se tourne avec admiration vers son meilleur ami :

— Je n'aurais jamais cru qu'il pourrait les calmer !

— Il est habile. Mais c'est aussi parce que je me suis souvenu que les pirates rêvaient de justice et d'entraide. Ils passaient entre eux des pactes. Ils ont inventé une sorte de démocratie.

— C'est quoi, la démocratie ?

— C'est le contraire d'un chef qui décide tout, tout seul.

— Balthazar, tu es vraiment super savant !

Soudain, dans la grotte, Grodof se met à gronder. Cléo et Balthazar se retournent : le fantôme de Barbe-Jaune est là, à côté d'eux, l'air stupéfait.

Chapitre 8

Sauvés !

— J'ai réussi à m'en sortir ! s'exclame le fantôme. Et sans verser une seule goutte de sang !

— Oui, enfin… Vous avez eu beaucoup de chance qu'on soit

là, fait remarquer Balthazar.

— Il y a une heure, rappelle Cléo, vous vouliez en tuer le plus possible.

— Et maintenant, je fais de nouveau partie de l'équipage...

— Ils ont accepté de vous faire confiance, explique Balthazar. Mais il ne faudra pas les trahir une deuxième fois ! Sinon, vous allez encore vous entretuer !

Le fantôme hausse les épaules.

— Oui, j'ai compris ! Inutile d'insister comme ça.

Brusquement, Barbe-

Jaune surgit dans la grotte. Il ne prête aucune attention aux enfants et ne voit pas le fantôme. De ses mains nues, il creuse le sable.

Le coffret dans les mains, le pirate a l'air d'hésiter. Ses doigts s'approchent du fermoir en argent, comme s'il voulait l'ouvrir.

À ce moment-là, la voix grave du fantôme retentit :

— Barbe-Jaune… Est-ce

que, par hasard, tu aurais envie de mettre discrètement un ou deux diamants dans ta poche ?

Le pirate sursaute et cherche du regard celui qui lui a parlé. À part les mousses aux voix d'enfants, il n'y a personne ! Il se met à trembler.

— Non, non ! Bien sûr que non !... Je descends tout de suite retrouver les autres !

Quelques minutes plus tard, au pied de la falaise, les diamants sont répartis selon le pacte.

— Balthazar, chuchote

Cléo. Tu crois que les pirates vont devenir des gentils-hommes quand ils seront assez riches ?

— Hum… Je crois plutôt qu'ils vont dépenser tout ce qu'ils ont gagné en quelques semaines, dans les bistrots. Et après, ils seront obligés de repartir sur les mers…

— Pourtant, elle est dure, leur vie… Sauf grimper dans les cordages. Ça, c'était vraiment super ! On y retourne un petit coup avant de revenir chez nous ?

Balthazar devient tout blanc ! Cléo éclate de rire.

— Mais non, je te taquine.

En face d'eux, le fantôme pousse un profond soupir.

— Je voulais être le pirate le plus cruel des Antilles… Je croyais que c'était le seul moyen de me faire respecter… Pourtant, dans mon équipage, il y avait de braves gars, courageux, et prêts à m'écouter…

Soudain, pendant qu'il parle, il disparaît !

— Incroyable ! s'exclame Cléo. Ce dur à cuire a fini

par s'envoler au Pays du Repos Souriant !

Comme elle s'y attendait, tout se met à tourner autour d'elle : la grotte, les pirates qui dansent de joie au pied de la falaise, le navire dans la baie…

L'instant d'après,  Grodof, Balthazar et elle réapparaissent dans la salle des gardes du Château des Ombres.

— Ah, mon chien adoré, s'écrie Cléo en l'entourant de ses bras. Ouf ! Tu n'as plus ton horrible jambe de bois !

Au pied de l'escalier, se trouve le coffret des pirates. Non seulement il est vide, mais il n'est plus du tout transparent.

— Il a perdu son pouvoir magique, murmure Balthazar. Mais c'est un souvenir formidable...

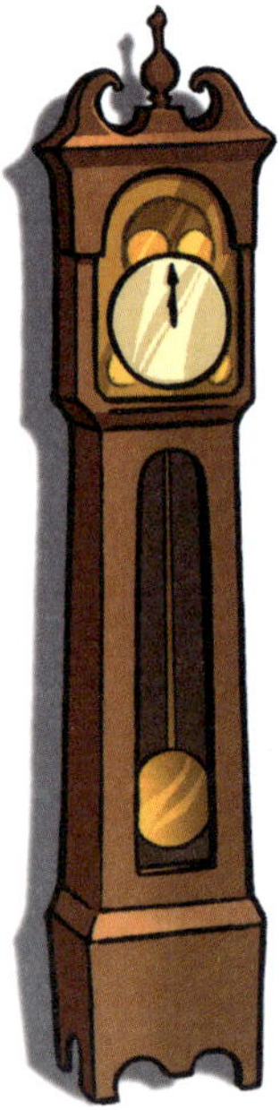

Du bout des doigts, il caresse les fermoirs en argent finement sculptés.

Quelque part dans le Château des Ombres, l'horloge invisible sonne... treize coups ! Les enfants bâillent à s'en décrocher la mâchoire. Il est vraiment temps d'aller se coucher.

FIN

Bientôt, Cléo, Balthazar et Grodof
vivront une nouvelle aventure merveilleuse.
Ils voleront au secours du fantôme
d'un chevalier…

Le tournoi maudit

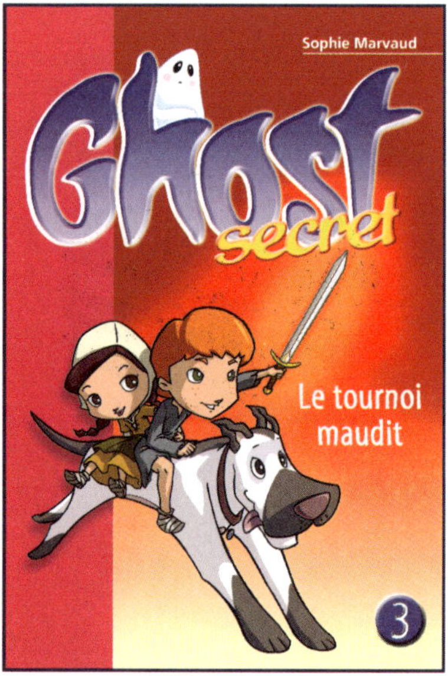

Oyez, oyez ! Un grand tournoi a lieu au château ! En suivant le fantôme du timide Béranger, Cléo, Balthazar et Grodof se retrouvent en plein Moyen Âge. Et ils ont du travail : ils doivent aider le jeune homme à devenir un vaillant chevalier !

Les as-tu tous lus ?
Sophie Marvaud
Ghost secret
La momie du Pharaon
1
La momie du Pharaon
Sophie Marvaud
Ghost secret
Le silex magique
4
Le silex magique

Ghost
secret
Concours
De nombreux lots à gagner !
Pour participer, télécharge
vite ton bulletin sur :
www.bibliothequerose.com

Donne ton avis à l'auteur !

Sophie, l'auteur, hésite entre plusieurs époques pour la prochaine aventure de Cléo, Balthazar et Grodof :

- La Grèce antique
- La révolution française
- L'époque des Vikings

Alors, laquelle tu préfères ? Réponds à Sophie et envoie-lui tes idées d'aventures ou même tes dessins de fantômes !

Tu peux lui écrire à l'adresse mail suivante :

contact@ghostsecret.fr

ou lui envoyer une lettre ou tes dessins à :
Hachette Jeunesse Roman
Ghost Secret
43 quai de Grenelle
75905 Paris Cedex 15

N'oublie pas de bien indiquer tes coordonnées.

www.bibliothequerose.com
Le site de tes héros préférés
LA BIBLIOTHÈQUE ROSE
TES SÉRIES PRÉFÉRÉES
CONCOURS
QUOI DE NEUF ?
L'ATELIER
LA BOUTIQUE
BIBLIOTHÈQUE ROSE
LA BIBLIOTHÈQUE ROSE

Table

1- Un pirate fantôme. 11

2- L'abordage 21

3- Un horrible traître 33

4- La cachette de Barbe-Jaune. 43

5- Prisonniers ! 53

6- La suggestion de Balthazar 63

7- Le pacte 71

8- Sauvés ! 81

« Pour l'éditeur, le principe est d'utiliser des papiers composés de fibres naturelles, renouvelables, recyclables et fabriquées à partir de bois issus de forêts qui adoptent un système d'aménagement durable. En outre, l'éditeur attend de ses fournisseurs de papier qu'ils s'inscrivent dans une démarche de certification environnementale reconnue. »

Imprimé en France par Jean-Lamour - Groupe Qualibris
Dépôt légal : février 2008
20.20.1529.5/01 – ISBN 978-2-01-201529-6
Loi n°49-956 du 16 juillet 1949
sur les publications destinées à la jeunesse